KB201759

산수유 여정旅情

이춘희 (李春熙)

서울에서 태어나 1999년『문예사조』로 등단하여 시집으로『산수유가 보이는 창』(푸른 사상, 2009)이 있고, 이천문인협회 10대 회장을 역임했으며, 시쓰기와 함께 압화 작가로 활동하고 있습니다. 현재 이천백사산수유영농조합법인 대표를 맡아 산수유를 다채로운 문화로 변주하는 중입니다.

bom771@naver.com

황금알 시인선 296

산수유 여정旅情

초판발행일 | 2024년 10월 10일

지은이 | 이춘희
펴낸곳 | 도서출판 황금알
펴낸이 | 金永馥
주간 | 김영탁
편집실장 | 조경숙
표지디자인 | 칼라박스
주소 | 03088 서울시 종로구 이화장2길 29-3, 104호(동숭동)
전화 | 02)2275-9171
팩스 | 02)2275-9172
이메일 | tibet21@hanmail.net
홈페이지 | http://goldegg21.com
출판등록 | 2003년 03월 26일(제300-2003-230호)

*이 책 내용의 전부 또는 일부를 재사용하려면 반드시 저작권자와 황금알 양측의 서면 동의를 받아야 합니다.
*잘못된 책은 바꾸어 드립니다.
*저자와 협의하여 인지를 붙이지 않습니다.
*이 책은 경기도, 경기문화재단, 이천시, 이천문화재단의 〈2024 모든예술31〉 경기예술활동 지원을 받았습니다.

산수유 여정旅情

이춘희 시집

황금알

산수유 꽃그늘 아래
계절이 지나갑니다.

가끔은 말을 건네 오지만
제 답신은
언제나 늑장입니다.

햇살에 말려 체로 쳐낸
풍경 속 말들을
갈무리합니다.

부끄러움만
그득합니다.

2024년 10월
산수유마을 詩園에서

이춘희

차 례

2부

3부

1부

놀

오늘도
그대보다
저녁이 먼저 왔습니다

빈방을 가로질러
천천히 어깨 위를 지나는
낯선 햇살

그대 발소리 놓칠까
다시
산그늘에 안깁니다

별

실개울이 아니면 어떠랴 황록색
매끈한 가지들 봄 꿈꾸는 이곳에서
머그잔을 나란히 한 너와 나를 생각해 본다
138억년 우주의 세월 속
찰나같이 우리 만나서
잠깐 사랑하고 잠깐 싸우다가
지구에서 62광년 떨어졌다는
천칭자리 밝은 별 주벤 엘레누비
내가 왔던 그곳으로 다시
꼬리별 되어 돌아갈 것을

책

고급 양장본
낡디낡은 겉장을 쓸어봅니다

행간으로 숨어버린
은유를 찾으러
팔랑나비처럼
이리저리 페이지를 넘겨요
활판 인쇄 당신을
이젠 손끝으로 더듬어도
따라갈 수 있어요

낯선 갈피마다
누대累代로 내려온
슬픔의 유전자가
주석으로 달려있네요
만연체로 반복되던
지루한 문단에도 끝이 있어서
마지막 장은
목련 꽃잎처럼 두텁습니다

청구 기호도 없는 자서전
마디 굵은 를리외르*가 되어
헐거운 당신의 등을 깁고 있어요

* 망가진 책을 다시 아름답게 꾸미는 제본가.

짐

별을 따라 걸어왔지
아홉 개의 산을 넘고 아홉 개의 강을 건넜을 때 기다리
던 환대는 가난한 등짐을 비추던 노을빛

보랏빛 현호색 꽃잎 낮게 흔들리는 터에 흙을 부려 동
산을 만들고 아이들이 뛰노는 동안 슬픔으로 자라난 나
물을 캤지 밀레니엄 밀레니엄 세상이 들썩여도 어쩌나
우린 매일 밤 낯선 곳으로 가는 열차에 올라야 해
안녕 스트라스부르 굿바이 드로셀 가쎄 소나무 잣나무
가 드리워진 둥근 창으론 어느새 스물두 개의 풍경이 지
나가고 벌써 어른이 되어버린 아이들과 가물가물 첫눈
을 기다리는 먼 여행지의 저녁 무렵

발

그대 떠나자
퍼붓던 눈도 그쳤다

어지러운 발자국들 마당에 수북하다

미처 감추지 못한
희고 선명한 육필 위로

바람도 햇빛도 아니

부디

이대로 봄

쉼

바다를 앞에 두고
나는 이쪽에서
너는 그쪽에서
우리 눈 마주치는 소실점에는
뭉게구름 하얗게 솟아오를까

출구가 없는 간이역
흘려버린 자투리 시간의 마일리지로
호기롭게 무임승차를 하고
얼음과 사막의 철길을 달려
바이칼호 푸른 물빛의 눈동자 아나스타샤와
일곱 번의 석양을 맞으면 눈물이 날까

세월을 낚는 어부 곁에 앉아
백련 꽃잎 열리고 다시 닫히는 동안
눈 감고 귀 막으면
장대비도 후두둑 제 길을 갈까

이글대는 땡볕도

망태버섯을 지나는 무심한 바람도
비릿한 꽃향기와 삼차원 계단의 반복,
낙엽처럼 쌓이는 청구서
자동차의 노려보는 불빛까지도
이번 생生의 여행패키지

벗

시도 때도 없이 찾아와 놀아달란다
아슴아슴 는개 내린다고 뛰어오고
울 밖 모감주나무꽃
노랗게 피었다고 기별한다

허구한 날 제멋대로여서
얼마간은 절교를 선언한 적도 있었다
모질게 내칠수록 속 좋은 얼굴로
베갯머리에서 기다리거나
첫사랑을 들먹이며 진종일 발치를 맴돈다

잠이 달아나버린 밤엔
혹시나 하여 달빛 아래를 서성여 보지만
세상 버린 술친구를 위로하러 갔는지
지구 북쪽 여우불을 만나러 간 건지
기척조차 없다

오늘은 쏟아지는
폭우를 마다치 않고

단숨에 달려와
부서져라 내 창을 두드리는

시詩여
멀고도 가차운,

밥

식탁 한 귀퉁이
볼록 안경을 쓴 여자
물 만은 밥을 퍼먹으며
시집을 읽네
시와 밥을 함께 먹는다며
옆에 앉았던 남자
유령처럼 문을 닫고 나가네

술술 넘어가는 밥
자꾸만 목에 걸리는 시
시를 한 숟갈 푹 떠서
물에 말아볼까

나른한 밥알 되어
뜨신 물대접에
몸을 누이고 싶은 저녁

새

신새벽 바람이
화살나무 가지를 흔드는 사이
유리창에 비친
허공을 향해 힘껏 날았을 게다
아침 햇살 꽂히는 창에
선명한 날개 자국만 남기고
땅에 떨어진 것은
타다 남은 작은 운석이었다

생이 끝나는 순간까지
더 높은 무엇을 위해
중력을 거슬러 날아올랐을까

삽으로 작은 구덩이를 파고
불씨 남은 심장과
푸른 하늘에 건네던 노래와
지상의 가벼운 약속들을 묻었다

박주가리 넝쿨 위로
하얀 깃털 두어 점 피어오른다

피

재봉틀 바늘에 손가락을 찔렸다
이내 몸속 깊은 모세혈관 돌던 피가 나온다
한 땀 한 땀 느리게 지나온 날들이
침침한 불빛 속으로 드르륵 드르륵
꼬리를 물고 밀려간다

엄마도 그랬을까
음표같이 자라는 오 남매
밤이면 조용조용 눈짐작으로
작은 치마를 박고 소매를 달았다
진솔옷에 때를 벗겨 외갓집도 가고 창경궁도 갔다
앞태 보고 뒤태 보고
체크무늬 원피스 물려 입으며
소녀가 되고 다시 엄마가 됐다
피는 못 속이지
어깨에 낀 전화기 너머로 친정엄마 웃으시는데

아침이면 밤새 지은 옷 입고 좋아할
딸아이 생각에 웃음이 나고

육이오 피란 시절 열 맞춰 군복을 깁던
열일곱 어린 엄마 안쓰러워
또 눈물이 나고

섬

손톱을 바투 깎고
소소한 일상들을 가방에 구겨 넣었다
무거운 병실 문을 여는데
난파된 배 서너 척이 잠시 흔들렸다
간호사는 내 푸른 혈관 속으로 작은 닻을 내리며
다시는 바다로 나가선 안 된다고 말했지만
창밖으론 이미 밀물이 지고 있었다
눈을 감으면 내가 떠나온 항구가 손에 닿을 듯해서
그 맑은 햇살 속을 맘껏 헤엄치고 싶었다
뽀얀 조가비색 가운의 남자가 안경 너머로
고장 난 내 부속을 잠시 들여다보더니
절대 항해 금지라고 쓰인 테이프를
팔목에 칭칭 감아준다
자다가 벼락을 맞아 맥없이 허리가 꺾여 온 배,
어차피 생은 한 방이라며
험한 파도에 겁 없이 맞서다 끌려온 배,
천상분야열차지도의 별자리를 찾아
단번에 너무 먼 길을 돌아온 배,
영문을 몰라 잔뜩 겁에 질려 끌려온

풋내기 오리배까지
하나같이 떠나온 바다의 물그림자를 더듬고 있다

부서진 옆구리가 불편해
어금니를 깨물며 돌아눕는데
건너편 출입문이 다시 소란하다
누군가 또 바쁜 생을
잠시 묶어 두려나 보다

밤

긴 밤을 서성인다
사자자리를 지나던 잔별들
동당동당
지붕 위에서 춤을 춘다
한 권
시詩의 집을 지으러
어둠 속을 달려오는
야광의 활자들이 보인다

말을 버리기 위해 나선 길이었으나
아침이면 오롯이
말속에 갇히게 될 것을
이제 나는 안다

동녘을 향해
거푸 절 올린다

씨

말의 씨
하나 심는다

인색한 햇살이
에멜무지로 다녀가고
후두둑 비가 장대발 뗀다
어렵사리 하늘을 깨고
싹을 틔우니
먼지 낀 책장에서
활자들이 걸어 나와
무너지는 흙을 북돋운다
줄기를 세워
허공에 꽃을 피우자
저녁노을을 따라 누웠던
뒷산이 일어나 앉는 밤

곧게 자란
한 편의 시詩가
어두운 만권당을 가득 채운다

길

얕은 골짜기에선
겨울을 지낸 바람이
자리를 털고 있었다

태초에 길이 없던 곳
일어선 바람은
언 땅을 밀면서 끌면서
달팽이처럼 삼천 유순*
숨 가쁜 벼랑을 올랐으리라
그 뒤를 애호랑나비가 따르고
두견새가 따르고
간절한 만삭의 여인도 따랐으리라

오체투지로 오른 그곳
우뚝 선 마애여래를 만나면
그제야 일필휘지로 곧추선
산길을 내려다보며
바람은 노곤히
매화 꽃망울에 깃들었을까

발아래 구만리 뜰에선
개구리들 소리 공양
분주히 새 길을 열고.

* 유순 : 소달구지가 하루에 갈 수 있는 거리. 80리.

말言

어떤 연유로
사람들 입이 하얗게 지워졌다
표정과 소리가 사라진 자리
그들은 눈으로 말하기 시작했다

눈의 말은 서툴러서
잘 지냈느냐고 물으면
그냥 먼 곳을 바라본다
쓸쓸하냐고 물으면
울기 좋은 데를 안다고 둘러댄다
눈은 침묵으로 천천히
말하는 법을 배우는 중이다

걸어 다니던 언어가 줄어들자
자작나무 물푸레나무가
선 채로 얘기를 시작한다
숲을 읽어내는 새들처럼
제 몸의 대롱을 열고
속이 빈 오동나무 가지가 지저귄다

귀는 열고 입은 닫은 채
누군가의 눈부처가 되어 주라고.

붓

사나흘 큰비 오신 뒤
빨려들 듯 산으로 향하네

배부른 나무들
물을 토하고
산은 온통 물을 바른
화지畵紙가 되네

내 발자국 안기는 곳,
물무늬 그리는
두 자루 붓 되어
초록 물감으로
바림*질하네

산길은
굽이굽이 번져나가네

* 바림: 종이에 물을 바르고 마르기에 앞서 물감을 먹인 붓을 대어 번지게
   하는 그림 기법.

삶

어떤 날
발신을 알 수 없는
택배 하나가
우리 앞에 도착한다
지목당한 수신자,
둘러선 사람들은 환호한다
이름을 얻은
생명은 울다가 웃고
걷다가 이내 달린다
자주 사랑하고 때론 미워한다
가끔은 아파하고
절망과도 싸워 이긴다
고만고만한 날들을
특별한 양 살아내다가
다시 어떤 날
타인의 손에 의해 흔적은 지워진다
소진된 영혼은
수신을 모르는 곳으로 반송된다

삶이라는 짧은 공식

파

분盆을 들여
찬 흙을 가르고
살이 오른 대궁을 잘라 묻는다
메마른 실뿌리들
땅 내음에
화들짝 몸서리친다

순백의 꺼풀 속
연연두에서 진초록까지
수천 개 빛의 계단을 올라
길고 긴 물의 회랑을 건너
가쁜 들숨으로 기둥을 세우니

보드랍고 달큰한 몸
어제를 도려내고
허공에 빚어낸 시간,
세상에 없던
은유의 사원 한 채

어느 슬픈 왕조의 수라상
어글탕*을 꿈꾼다

등燈

어디선가
이 지상의 마지막쯤
여린 목숨 하나
소리 없이 눈감나 보다

장맛비 그은 사이
쓸쓸한 안부처럼
서둘러 불 밝히는
저 섬초롱꽃

설

우리 눈뜨는 어느 아침이
설지 않으리

새 옷 입은 한 해가
호쾌히 내미는 손

주저 없이 덥석 잡으며

마음만 벼리는 날

죄 – 고라니를 묻다

침묵과 고요
파리떼 들끓는 몸은
이미 네가 아니다

날 선 눈초리가
도망치는
너의 무릎을 꺾고
이내 선연한 피,
어둔 저녁
산수유로 붉어간다

향유고래처럼
먼바다에 태어나지 못한 죄
어린잎 푸성귀를
가려먹은 죄
인기척에 고개 돌린 죄
집을 찾아 제자리로 돌아온 죄

안개의 숲 거친 돌밭

45억 년 지구의 표피를 헤쳐
멸종위기종 고라니
무고無辜한 너를 묻는다

어느 가을
절멸을 셈하지 못한
우리 앞에
이름 모를 풀꽃으로 피어나리

2부

콩

밭고랑에 정우할머니
굽은 허리를 오래된 폴더폰처럼 납작 접고
연신 땅에 무언가를 박고 계시다
인사를 건네자
서리 내릴 때 영그는 서리태콩이라며
폴더를 열고 우리 부부를 향해
활짝 웃으신다 탱글탱글한
파마머리가 햇살에 반짝인다

요놈만 갖다 심어보라시며
꽃무늬 바지 주머니에서 크게
한주먹 꺼내주신다 콩 한가마니가
내 등산복 주머니 속으로 넘치게 들어온다
일러 주신대로 땅을 헤치고
속까지 파랗다는 서리태콩을 두 알씩 넣어본다
이 가물이 지나면 떡잎이 나올 게다
헐떡이는 뙤약볕 견디고
천둥번개 태풍도 이기리라
어쩌면 줄기를 길게 뻗어

시계 반대방향으로 친친 감아올라
콩나무처럼 하늘에 가 닿겠지
꼬투리 벌어지면 데구르르 구르고 굴러 어디로 갈까
어느 착한 부부의 늦둥이로 생겨나
도담도담 무탈하게 자랄거나
소녀 되고 아가씨 되도록 콩줄기 튼실히 뻗어가리라
가을이 오고 첫서리가 내린 어느 아침
부부는 속이 파란 서리태콩을 삼태기 가득 거두다가
지나가는 젊은 부부에게 선뜻 한주먹 건네리라
어느 하늘 아래선가 주렁주렁 콩이 열리고
부부는 콩꼬투리 눈웃음으로
서로를 바라보며 행복하리라

톱

심심한 날엔 마당가에 앉아 따순 볕이라도 주워 담을
양으로 투박한 의자 하나를 부탁했다 네 시간 넘게 망치
와 톱으로 진땀을 뺀 남편은 앉으면 등판이 먼저 내 등
을 밀어내는 편치 않은 의자를 가을볕 아래 세웠다 정말
개떡 같은 의자를

마당 한 귀퉁이 뻘쭘하게 서서 볕을 쬐고 있는 의자
개떡이라니 수고했어요 고마워요는 다 숨긴 채

초록물감을 듬뿍 풀어 그가 지나간 손길을 따라 구석
구석 붓질을 해본다 엉성하게 못이 박힌 자리, 서툰 톱
이 여러 번 쉬어간 자리도 매끄럽진 않지만 주춤주춤 그
의 마음이 내게로 온 길이었으므로.

물

목이 마르다고 했단다 쓰러져 병원으로 가는 동안 그가 남긴 유일한 말이었다 지하상가 한 평 남짓 좌대 뒤에서 그는 바다를 꿈꾸는 밍크고래처럼 행복해했다 손님이 끊긴 날에도 줄담배를 피워대며 미로 사이를 바삐 헤엄쳐 다녔다 단칸방을 벗어나 두 아이를 낳고 가파른 언덕 위에 빌라를 장만하고 작은 거실엔 불이 환히 켜지는 수족관도 하나 들였다 더 이상 부엌 한켠에서 물을 데워 몸을 씻지 않아도 되는 날 욕조가 딸린 화장실 안에서 오랫동안 콧노래를 부르던 그였다

바람도 파도도 잠잠한 병실 코에 누런 생명줄을 꽂은 채 그는 사십일 째 잠수 중이다 어쩌면 푸른 바다로 나가 망시리 가득 뿔소라로 돌아올 어멍을 장작불 앞에서 기다리고 있을지도 모른다

이어도사나
이어도사나

그녀가 운다

좀

까페라고 하기엔 좀
이라는 이름의 카페가 있었다
어렵사리 카페를 꾸며 열었으나
평수는 옹색하고 세련되게
손님을 맞을 자신이 없었나 보다
비좁은 실내엔
의자라고 하기엔 좀
편치 않은 소파를 배치하고
도배지를 바른 벽에는
자작나무 울창한 사진을 걸고 싶었지만
돈에 맞춰 액자라고 하기엔 좀
작은 해바라기 그림 하나

까페라고 하기엔
아까운 풍경의 카페는 어디 있을까
먼 나라에서 실려 온 커피향보다
진하고 따스한 사람의 향내로
눈맞춤 해주는 곳
보랏빛 쑥부쟁이처럼

허청허청 흔들릴 때
몸을 숨겨 찾아드는,
어느 후미진 골목
그 끄트머리에 있을 것 같은

이 저녁
흔하디흔한
까페라고 하기엔 좀 미안한
카페로 간다, 햇살을 녹여
사랑을 퍼주는 카페* 마당에서
시라고 하기엔 좀
시답잖은 시를 읽어
마음의 빚을 갚으러 간다

* 이천시 백사면 조읍리의 한 카페

뻘

날마다 집을 이고
길을 나선다

한 걸음 가면
한 걸음을 따라오고
아무리 도망쳐도
집안에 갇혀 있다
고요하고 적당히 건조한 집
스며들 듯,
나선형 천장 아래 몸을 누이면
먼 숨비소리

달빛 내린 백사장
뻘밭은 온통
광활한 경전이 된다

더듬더듬 한 줄을 읽고
다시 한 줄을 베끼면
물인지 뭍인지 알 수 없는

황홀한 필사의 밤
손끝으로 새기는
쓸쓸한 암각화

세상 밖에 반쯤 걸친 다리로
오지 않은 내일을 써 내려간다
느린 시간을 통과한
견고한 껍데기는 금이 가고
드디어 몸을 이루던 한 꺼풀
묵직한 갑옷이 벗어진다

약

입 안 가득 물을 채우고
작고 둥근 알맹이 한 개 떨군다
어느새 바다는 밀물지고
방파제 돌들이 익숙하게 막아선다
매일 먹던 세끼 밥이며
마르게리따 콘 부팔라
이름 못 외는 피자도 잘 받아먹던
내 목구멍은 삼키는 방법을 몰라
철컥! 문을 닫는다

할머니 말씀대로
꾹 참고 넘기려 했지만
억울한 생의 담벼락 앞에 서면
사실은 그게 아니구요
저는 최선을 향해 가고 있어요
도저히 넘길 수 없는
입안의 알맹이들
침도 없이 뱅그르르

달콤하고 매끄런 캡슐
쓴웃음을 감추고
얄팍한 민트초코 설탕옷을 입은
세상의 문장들
가벼이 삼킬 날이 오기는 할까
달래듯이 한 알 또 한 알
서너 컵 물배를 채운
반백의 나에게 묻는다

실

하늘여행사 가이드
그녀의 시간은
언제나 조각모음 중

아이들을 재우고
어미새보다 높이 허공을 날아
이국의 햇살 속으로 내려앉으면
다시 또 어제 그 순간
하루만큼의 피로가
대롱대롱 등짐에 매달린다

지구를 몇 바퀴 돌고서야
반짇고리 나란한 세간들처럼
한 지붕 아래 잠들 수 있을까

바늘귀 꿰듯
팍팍한 삶을 단번에 관통하기엔
이미 노안이 되어버린,
대형 서점 한구석

까만 앙고라 코트의 그녀가
잰 놀림으로
촘촘히 시간을 깁고 있다

혼魂

봄 햇살 감겨드는
잎들 사이로
아마릴리스 긴 꽃대 올립니다
부르지 않았으나
마당엔 봄 가득하고
새들은 제 길을 날아오릅니다
그대여,
탐스럽게 붉던
지난 여름의 당신을 기억합니다

눈물방울 모여
그리움이 되고
꽃대가 되고
날마다 벼랑 위에 서는
바람이 됩니다

그러니
부드러운 살결의 그대여
조바심 없이 오시길

내 그대 볼 어루만지듯
비와 바람이
천천히 다녀갈 때까지
지그시 눈 감고 기다리시길

그

그를 다시 만난 건
오래된 거울 속에서였다
편백나무 초록물 오르고
나비 애벌레가 천천히
내 앞을 기어가고 있었다
나무 벤치는 언제나 축축했지만
그의 손은 따뜻했다

아침마다
갓 구운 빵을 들고 와
노래를 불러주곤 했는데
안타깝게도 거울 속에선
소리가 자라지 않았다

어떤 날은 밤새워 쓴 편지를
한 다발 내밀고는
바람 속으로 뛰어가기도 했다
그가 가고 난 자리엔
다이알비누 향기가 한참을 맴돌았다

기숙사 붉은 벽돌
담쟁이잎 넌출대는 언덕을 오르면
라레쏠 라레쏠도
그의 기타에서 쏟아진 음표가
빨랫줄에 하얗게 펄럭이고

오늘도 거울 속
길고 긴 노래를 부르는
그를 남겨둔 채
거울 밖에서 몰래 새치를 뽑는다

쉰

백 세를 산다지만
반생은 더 지났을 것 같은 나이

길고양이를 맥없이
지켜보게 되는 나이

꽃 이름 외워야지
다짐하게 되는 나이

석양을 바라보며
천천히 차를 마시고 싶은 나이

자두를 먹으며
살구맛을 떠올려보는 나이

쿰쿰한 묵은지 쉰 맛은 안 나지만
스스로를 다독이며
쉬어가야 하는 나이

샤프연필의 그녀가
불면의 밤의 헤치고
사각사각
아직도 시를 쓰는 나이

북

설거지를 뒤로 하고
책 내음을 맡으러 도서관에 간다

마음을 기댄 학인들이
책에서 걸어 나온 현자賢者가 되어
초롱초롱 앉아있는 곳,
갈피 많은 삶의 책장을 닫고
스스로 책이 되어
자기 생에 밑줄을 긋고 있다

어린 날의 큰 꿈도
재울 수 없던 젊음의 고뇌도
별들의 속살거림을 끝내 궁금해 한 일도
이미 누군가 앞서간 길이었다

같은 책을 함께 읽고
마주 앉아 울다가 웃는 사이
가을 산엔 단풍이 내리고
시린 발 위론 보드란 흙이 덮이겠지

처지는 눈꺼풀이
낙엽처럼 땅에 가 닿을 때까지
지친 삶에 북*을 주러 그곳에 간다

* 식물의 뿌리를 싸고 있는 흙.

일

폭설이 내린 아침이었다
몇몇 집이 도둑을 맞고
움푹 패인 눈 발자국 앞에 모여
커도 보통 큰 발은 아니라고
동네 사람들은 맥없이 혀를 찼다

발자국을 따라가면
잃어버린 청춘을 찾을 것처럼
어른들은 흥분했지만
하필이면 왜 눈이 내린 밤에 담을 넘었을까
어린 나는 궁금하기만 했다
어쩌면 찢어지게
가난한 가장이
궁지에 몰려 감행한
서툰 거사였을지도 모른다고
긴 시간이 흐른 뒤에
생각하게 되었는데

이 모든 걸

이미 알기라도 한 듯
눈은 밤새 쉬지 않고 그 일을 도와
마을을 포근히
깊은 잠으로 데리고 갔다

뜰

끌레베서점 3층에서 기다리고 있을게요

빨간 트렘을 타고 B912역에서 내리세요 큰고니 날아
간 쪽으로 조금 걸어오시면 저를 만날 수 있어요 아마
저는 식물도감을 보고 있겠죠 새로 짓는 당신 집에 착한
꽃을 심으려구요 대문에서 현관까지 구불구불 얕은 물
길을 놓고 햇살무늬 그리는 송사리를 풀어놓을게요 콜
치쿰, 헬레보러스, 키르탄서스 이름도 낯선 꽃들 사이에
서 당신은 수줍게 웃네요 고른 잇속을 드러내며 이번 생
엔 크게 웃어도 좋아요 방안에서 낡은 싱거미싱을 찾으
면 좋은 날 그랬듯 데도롱 원피스 한 벌 지어 입으세요
하롱하롱 꽃보라가 남동풍으로 날려요

녹슨 못으로 슬픔을 이어 붙인 하천가 판잣집 이젠 잊
어도 좋아요 아이들 끌어안고 벼랑 끝에 설 일도 더 이
상은 없어요 언덕 높은 당신 뜰에는 밤새 눈이 푹푹 쌓
이고 기척 없는 이웃들은 자기 시계*속에 들어가 어제가
된 바늘을 지우고 있겠죠

꽃피울 봄을 기다리면서요.

* 시계판 속 사람 그림자가 바늘을 그리고 지우는 스키폴공항의 시계.

곁

약 먹을 시간이라고
수업을 끝내달라는
그의 주장은 단호하였다

울다 잠든 아이가 고요해질 때까지
곁에 누워있어야 할 시간에
풀꽃이 차례로 피어나
다시 차례로 지는 것을
지켜봐야 할 시간에
산길에서 만난 꿩이
다시 날아갈 때까지
기다려줘야 할 시간에
사랑을 보낸 이의 흔들리는 어깨를
꼭 감싸줘야 할 시간에
새벽 강이 산허리를 미끄러져
어린 잎사귀에 가닿는 소리를
들어줘야 할 시간에

나는 언제나 바빴고
내게 아무 주장도 하지 못했다

쿵
— 양자역학兩者力學

쌍둥이자리 유성우가
떨어지는 밤이었어

시간의 화살은
들판에 당도한 햇살을 거두고
단숨에 나무의 수액을 빨아
겨울을 관통하는데

어느 길모퉁이
카스토르와 폴룩스*로 만나
의심 없이 서로를 끌어안다가
시나브로 멀어진 우리 사이
그 거리의 제곱만큼 사랑도 식은 걸까

기대앉는 순간
의자 아래로
쿵!
연고를 찾느라 뒤집힌 서랍
거실 가득 자라난 무질서,

되돌릴 수 있는 건
하나도 없고
부어오른 멍과 아픔까지
고스란히 내일로.

* 제우스의 쌍둥이 두 아들.

시1

꽃 피는 봄날엔
제비꽃 키 작은 숨결 속으로 왔네
마음을 다치고
깃발처럼 높이 흔들리는 날
해 지는 노을 속으로 오더니
잠 못 이루는 밤이면
내 이불 속으로 슬며시 들어와
조용히 등을 대고 누웠다 가네
오너라 시여.
고향집 어머니가
군불을 지피던 손으로
반질반질 부뚜막을 문지르는 동안
매운 연기가 되어 오거나
가난을 둘러친 단칸방
신혼의 서글픈 추억 속으로 오더라도
헤어진 핏줄이 당기듯
너를 알아보리니

어디로든

수줍음 없이 오라 시여,
잊지 못할 첫사랑의 향내여

시2

겉으론 멀쩡해 보여도
여기저기 덜어내고
아프게 이어 붙인 꼴이 똑 닮았다
무릎을 꿇어야 보이는
작은 세상을 맥 놓고 바라보다가
봄맞이꽃을 앞세워 그예
희망을 노래할 땐 더 그렇다
천길 슬픔을 길어다 아무렇지 않게
직조해 내는 청명한 문장들
비우고 가라앉히고
내남없이 움켜쥐는 욕망들 걷어내면
저렇듯 한 줄 절창으로 남는가

감탄도 마침표도 없이
자기를 고쳐나가다 비로소
완성을 향하는 여자
시를 닮은 여자

3부

똥
— 철화 풀꽃무늬 매화틀

시린 겨울
한 무리의 매화가 피어난다
반고흐 아몬드나무에도
마지막 꽃이 하얗게 부푼다

수렵의 조상이 먹었던
산꿩이며 고사리
소화되지 못한 화석 물고기까지
에스자 결장 곧은창자를 미끄러지며
상처 난 마음보를 통과 중이다
너 거기 있느냐

마른하늘에 우레가 울고
풀꽃 위로 썩은 말들이 거푸 쏟아진다
어질어질
매화틀은 차고 넘친다

하여
속은 편안하신지,

죽

추적추적
겨울비 오는 날
무릎을 맞대고
팥죽을 먹네
둥근 사발 안에는
쌀이었던 너도
물이었던 나도
몸을 버리고 앙금이 된
붉은 열정도 없네
뜨겁게 부딪히다
뭉근히 뜸 들인
우리들 시간

말없이
마주 앉아
부드러운 세월을 넘기네

역驛

첫 열차를 타고
엄마에게 간다

스무 개의 역을 지나면
엄마역驛이다
세상 풍파가 다녀간
낡고 허름한 역
솟대처럼 기다림만 가득한 역

몸 씻기고
기저귀 갈아
밥을 떠먹여 주시던
엄마에게
흉내 내듯
몸 갚으러 가는 길

난 괜찮으니 이젠
오지 말라는 말씀 땅 밑에 두고
서둘러 환승 통로를 오른다

복伏

초복을 앞두고
회관에 둘러앉은 우리는
마을 복달임을 모의했다

작년 이맘때
백 인분 백숙을
가마솥에 걸판지게 끓여내던 그를
동갑내기 친구가 가슴에서 소환하자
옆의 친구가 맞잡아 거들었다
자드락길 살살 돌아
우리 둘이 올라가서
팔짱 끼고 데려오자고
자네가 끓여야 맛나다고

바로 그 순간
영원 같은 적막이 흐르고
그가 갔다는 하늘 쪽으로
코발트빛 나비수국이
조용히 벌어지고 있었다

비

초록 위에
연초록 방울들

뭇별 단번에 쏟아져
나무 끝에 피어난 6월
정원은 장대비로 소란하다

그대와 연주한 장엄 소나타
오래 스쳤는지
잠시 뜨거웠는지

리타르단도
해를 향해 느리게 거닐던
최선의 사랑은 길을 잃고
시나브로
높고 낮은 음계로 흘러
변주도 없이 몸을 적신다

추녀에 깃들인 새들

오늘 하루도
다정한 인생이라고

깨

기름집 문을 열고 들어오는 사람들 얼굴이 환하다

깻자루를 내려놓고는 밑이 꺼진 소파며 부뚜막처럼 온
기가 퍼지는 평상 위까지 너나없이 기름병이 되어 목을
늘이고 앉는다 농사는 잘 되셨어요 몇 말이나 하셨어요
네 올핸 괜찮네요 열댓말 했어요

천천히 대답하는 남자의 눈앞에 초록잎 넌출대는 들깨
밭이 펼쳐진다 화초처럼 키워 겨우 한 말 들고나온 우리
내외 앞에서 큰 체하던 남자도 요샌 깨를 일어서 씻어
말려놔야 팔린다고, 시골에선 오백 그램씩은 덤으로 줘
야 한다며 식어가는 종이컵을 냅다 들이킨다

젊은 사람들 밥을 안 해먹어서 아들네 쌀이 줄지를 않
는다며 끌끌 혀를 차던 할머니도 주인이 건네는 요구르
트에 이내 달콤해진다 기름때가 더께로 앉은 바닥은 물
론 하얀 페인트로 두껍게 칠한 천정이며 쉴 새 없이 졸
졸 기름을 짜내는 기계 위에도 기름병들의 찰진 수다가
켜켜로 들러붙는다 일일이 커피 권하고 요구르트 나눠
주는 솜바지의 주인장은 받은 돈에서 천원을 돌려주며

가는 길에 호떡이나 사드시라며 뭐가 좋은지 반지르르
웃는다

　연신 뜨거운 김을 뿜는 시커먼 증기기관차는 줄지어
앉은 승객을 싣고 고소한 시간 속을 한없이 달려 나간다

터

해묵은 떡갈나무와
높푸른 소나무 사이

새순이 떠받든 쪽빛 하늘과
꾀꼬리 노란 목청이
씨줄 날줄
풍경을 엮던 자리

돋을볕 아래
집을 나선 식구들
터벅터벅
노을이 되어 돌아오는 걸
하루 같이 다독이며
지켜봐 주던,

본디
여기 없었다며
무너지는 나를 위로하는

산벚나무
네가 있던 빈자리

달

어머니의 기도는 소금 더께 되어 장독대에 쌓인다

첫 새벽에 길은 맑고 정한 물을 올리고
갈래갈래 먼 데서 나선 길들을
두 손바닥이 닳도록 불러들인다 끊일 듯 끊이지 않는
작고도 긴 노래를 천 리 밖에서도 듣는지 자식들 얼굴은
물사발 속에서 날마다 커져만 간다

달하 노피곰 도다샤*
달하 노피곰 도다샤
부디 멀리 멀리 비춰주소서

작아진 몸을 비벼 쓰르라미로 울던 어머니는
가윗날 저녁 동구 밖 당산나무 꼭대기에 희고 둥근 꽃
으로 두둥실 피어난다

* 백제가요 정읍사의 한 구절

글

1.
구부정 기역을 닮은
내 어머니가
드디어 글공부를 하신다
라디오에서 듣던 노래 가사도
며느리와 아들 손주 전화번호도
버스 번호판도 이젠 훤하시단다
세상 참 좋아졌다고
웃는 얼굴엔 어느새 함박꽃이 핀다

2.
자식들이 공부하는 곁에서
창피한 마음에 묻지도 못했는데
크나큰 결심 끝에
투박한 손으로 연필을 잡은 건
평생에 가장 잘한 일이었다고
한겨울에 피어난 꽃을 보듯 나를 칭찬한다

적敵

차가운 도시의 어둠 속에
새털 같은 아이를 맡기고
산 아래 집으로 드는 밤
멀지 않은 숲에서 소쩍새 운다

오늘따라
머리 위로 선명한 일곱 개 별
수백 광년 밖에서 보낸
길고 긴 말줄임표

사랑도 결혼도
전의戰意 없이 뛰어들었으나
일기장 갈피마다
전쟁 같은 날이었다고
어둔 불빛 아래서 눌러쓴 자국들

내가 키운 건지 나를 키운 건지
날개를 편 아이들은
제 둥지를 떠나고

총성도 포화도 사라진 지금
한때는 적敵이었던 남자의
처진 어깨를 쓸어보다가
끌어안다가

부엌의 불을 켜고
가만히 찻물을 올린다

딸

1930년 5월 열하루 황해도 연백군 봉북면 산정리에서
부잣집 맏이로 태어나신 어머니는
나진포천 너른 들판을 치마폭 날리며 뛰놀던 어머니는
단옷날 밤 손에 손에 횃불을 들고
풀섶에 그네 뛰는 참게를 잡던 어머니는

커다란 장독 가득 갓 잡은 조기를 절이던 어머니는
쌀밥과 찐조기를 베보자기에 둘둘 말아
친구들과 들밥을 먹던 어머니는
전쟁 통에 남동생과 독선을 타고
잠시 부모 곁을 떠난 어머니는
그길로 고향과 영이별을 한 어머니는

헤어진 동생을 3년 만에 다시 만나
밤새 눈물을 흘리신 어머니는
선을 본 날 문이 잠겨 나오지 못한 어머니는
결혼식 사진 한 장 못 찍은 어머니는

자두 한 광주리를 다 먹고

임신이 된 걸 안 어머니는
그 아들을 낳아 엄마가 되고
나의 시어머니가 되어

세상 풍파를 버틴 작은 몸으로
이젠 하얗게 누워계신 어머니는
지금도 눈 감으면 변원식 조복순의 딸,

꽃다지 지천이던
다락멀 정애

손

태산만 한 티끌들
뜨겁게 모였다가
제각기 흩어져 서러운 빛을 내는
그 하늘 어디로부터

발 닿은 곳
하왕십리동 286
아홉 식구 울타리가 아늑했던 집
우물가 이끼 위로 하얀 달빛이 영글고
바람결에 들려오는 다듬이소리
겹황매화 사운대며 나를 키웠네

생은 무시로
답이 없는 시험지를 건네며
거칠게 초침을 돌리고
난 푸른 빛 성운의 기억을 더듬어
애면글면 하루같이 숙제를 하네

제빛을 사르며

타고 있는 내 등 뒤론
다독다독
다독다독
언제나 따스한 할머니 손길

등

　목욕탕 더운 김 속으로 낯선 할머니가 주저주저 등을
내민다 뽀얀 속살 등고선 되어 하나같이 땅으로 흐르던
온몸의 시간들 비켜 간 곳 모진 바람 받아내던 가슴팍에
비하면야 호강도 했겠다 귀밑머리 땋아 내리던 목 뒤로
는 열일곱 봄꽃도 피었겠다 기우뚱 한 쪽으로 가라앉은
어깨 귀띔도 없이 막다른 골목에 세울 때마다 하염없이
흔들렸으리라 어깻죽지 아래로 깊게 패인 상처 이젠 다
독인 흔적뿐이다 꼿꼿한 등뼈, 고단하게 누이던 밤 강물
은 높았겠다 물살을 거슬러 허우적대도 결코 휩쓸린 적
없으리 말캉말캉 뱃살로 흐르는 옆구리엔 아직도 아카
시아 단내가 난다

　더운물 한 바가지 천천히 부으며 고단한 생을 씻어 내
린다

틈

장독 같던
아이들은
홀씨가 되어 떠났다
찢어진
문구멍으로
햇살이 둥글어
방 안은
고요롭다
백일홍 옆
박각시 붕붕 대는
저녁이 오고
처마 끝
낙숫물 소리에
찐 옥수수가 달다

이제야
한 생각을 놓아준다

날

남자가 나무 속으로 들어간다
밑둥을 딛고 오르니
잔가지로 뻗어간 나무의 상념
날을 벼린 가위로 그 길을 톺아간다
햇살이 쉬다간 자리,
뒤도 안 보고 내달린 늠름한 줄기 하늘에 닿아
숨어서 새끼를 거두던 둥지만
공중에 평화롭다

남자가 나무 속으로 더 들어간다
홀로 앓던 상처의 흔적들 그런 날도
살아내길 잘했다고
등이 굽은 아비처럼 가물가물
새벽별이 돌아눕던,

남자가 연신 나무 속으로 들어간다
그를 받치던 잎과 줄기
수많은 손놀림 끝
혼백魂魄 되어 발 아래 수북하다

끈

팔랑팔랑
산호랑나비로 날아오르기 전
아니 고치에서 나와 젖은 날개를 말리기 전
몸을 줄여 고치를 만들고
허리께를 질끈, 줄기에
묶은 뒤 눈을 감는다

스스로를 옭아매는 이 몸짓만이
의심 없는 환생을 가져오리니
높푸른 하늘 위로
너를 자유케 하리니
더없이 빛나는 생명의 끈
세상에서 가장
찬란한 구속

꿈

정례할머니 손맛은
마을에서 으뜸이었다네
잔치마다 뽑혀 다니며
손만 지나가도 맛나다고
칭찬이 자자했다네

순금할머니는
스물닷 마지기 논을
오대 독자 손주와 바꿨다네
잘못 준 약으로 모를 다 죽인 날
며느리 배 속에 아기를 알고
덩실덩실 춤을 추었다네

봉순할머니는
엄마가 지어주신 설빔이 그리 예뻤다네
비단 명주 남끝동 분홍저고리를
지금도 눈 감으면 입어본다네

요양병원 217호실

네모난 화분에서 피어난
일곱 송이 꽃들이
하얀 천정에 대고
지나온 생을 환하게
적고 있네

4부

산수유 여정旅情1
— 산수유꽃

먼 데서
어머니 오셨네

꽃분홍 아니고
분내도 없이

얼음 박힌 땅을
맨발로 건너오셨네

노랑 저고리
큰 품으로
천지를 녹이시네

산수유 여정旅情2
— 봄눈

수천의 꽃망울 위로
수천의 눈송이 내려와

이승과 저승 사이
지상과 영원의 경계 어디쯤
길고 긴 구애求愛의 끝
아,
눈부신 입맞춤

나무는 비로소
따뜻한 피가 돌고

산수유 여정旅情3
— 3월 산수유

바람 불어오는 곳으로
마음도 기웃대는 날
해묵은 산수유나무 아래, 서 보라

열두 달의 산통으로
기진한 나목裸木이
하늘을 베고 누워
안간힘을 쓰는 곁에서
손잡아 주는 찰진 햇살을 보라

한 송이 두 송이
아픔이 지난 자리 위에
목리木理를 따라
눈부신 생명이 피어나고,
뿌리 끝 깊은 어둠을 딛고
긴 물관을 타고 터져 오르는
빛이여, 혼곤昏困한 기쁨이여

떠나갈 듯

아쉬운 봄날
다시 부둥켜 살아보자고
축포처럼 노랗게 쏟아지는
마디마디 수천의 굳은 약속을 보라.

산수유 여정旅情4
— 4월 산수유

바람꽃 뿌옇게
먼 산을 넘어오면
걸어서
걸어서
꽃길로 가자

발걸음 걸음마다
스치는 꽃망울들
다투듯
자진모리로 깨어나면
환청처럼 따라오는
꽃물결 이끌고
넘실넘실 산으로 가자

어제 일도
그제 일도
흙먼지 바람 속에 띄우고
홑청같이 정갈한
빈 마음만 실어 가자

사랑하고
또 미워하는 일이
풀꽃 한 잎 틔우는 일보다
힘에 겨운지
4월의 햇살에 물어본다면
제비꽃 앞장서 입을 열리라

모른 척
눈 감아도
끝내 따라와
쟁 쟁 쟁
귓전을 맴도는
찬란한 함성을 들으러 가자

산수유 여정旅情5
— 봄꽃 열차

제비꽃은
샛노란 산수유를 끌고 온다
개나리는 하늘 높이
목련꽃을 달고 온다
뒷집 벚꽃을 휘돌아
냉이 꽃다지가 최고 속력으로
들판을 훑고 지나면
산사나무꽃이
이팝꽃과 재잘재잘 달려온다

예약도 환승도 없는
삶이라는 순환열차

올라타기만 하면 최고 속도
눈부신 일등석이다

다음 역은 여름,
여름역이란다

산수유 여정旅情6
— 꽃 축제장에서

별보다 많은
꽃무리 속을 가네
꽃보다 많은
사람들 속을 가네
손에 손에
색색의 풍선 같은
높다란 희망을 띄우고
겨우내 품어온
아린 상처는
점점이
가벼운 홀씨로 날리네
사랑할 날은 많지 않다고
눈물인 듯
툭 툭
꽃잎이 지는데
비로소 마음 여는
사람들 사이로
딴청부리며
허기진 세월이 가네

산수유 여정旅情7
― 빛

렌즈를 들이대자
샛노란 속살이 올라온다

놀라 깨어난 한 우주
향기를 흘리고
이내 빛을 머금고
푸른 하늘을 연다

괜찮아 괜찮아
귀띔 없어도
눈 감고 기다린 반생

이제부터
축포로 쏘아 올리는
신명 나는 너의 순간이야

산수유 여정旅情8
— Y

강의실 대형 스크린 앞에서
졸고 있던 그녀가
뜬금없이 산수유나무를 묻는다
꽃의 안녕도
늙은 나무의 신수身手도 아니고
잔가지의 안부를 궁금해한다

왜냐고 되물으니
아이들과 놀아줄
단단한 새총을 만들겠다고
Y자 산수유 생가지가
새총에 딱이라고

나무야
헐벗은 산수유나무야
만발한 꽃으로
탐스런 열매로도 모자라
바람길 그늘도 토해놓더니
생생한 가지마저 골라 바치는
바보나무야
아버지를 닮은 나무야

산수유 여정旅情9
― 시간의 뜰

멀수록 선명해지는 어제와
오늘치 약봉지에
기대어 사는 어머니와
소풍을 나섭니다

봄빛은 눈부시고
마음은 꽃잎처럼
바쁜데

수목원 뜰에
줄지어 웃는
튤립과 수선화 사이

아장아장
뒤뚱대는 내 뒤로
아가야 아가야
스물여섯 엄마가
걱정스레 따라옵니다
허청허청

닳아진 어머니가
멀어질까
날아갈까

바람은 연신
꽃대를 흔들고
우리를 떠나간 시간들은
환한 산수유꽃 되어
순간을 피웁니다.

산수유 여정旅情10
― 잎

당신을 떠나온 건 오래전 일이지

매일 아침 당신은
연둣빛 새순인 내게
일억 오천만 킬로를 날아온 햇빛을
천천히 떠먹여 주곤 했지

나부끼어 반짝이는 날엔
매화꽃 향내를 실은
바람을 불러오고
휘파람새를 데려오고
발이 부은 노을이
내 곁에서 쉬어가게 했지

흔들리는 일은 나의 숙명
팔 벌려 크게
안아보지도 못한 채
팔랑팔랑 거친 하늘 속을 날아올랐네

멀어질수록 더 크게 보이는
눈 감으면 더 환히 다가서는
구부정
늙은 나무 한 그루
저만치 그늘을 지우고 있네

산수유 여정旅情11
— 목련서書

얼음장을 간지르다가
그예 녹아 흐르는
봄물을 찍어
목련은
새 붓을 들어
하늘에 적네

시린 날은 가고
먼 데서 훈풍 불어오니
어질고도 독하게
꽃무리여
생명을 피우세요
슬기로이 오늘을 견디세요

툭 툭 꽃 지면
이내 솟아나는 푸른 꿈
끝은 다시 시작,
이별은
다른 옷을 입은 만남.

꽃샘바람에 벼린
수백 개 붓으로
뒤란의 목련은
수신인도 모르는
글월을 쓰네
처진 어깨를 일으키네

산수유 여정旅情12
— 기적

눈 속에 올라온 복수초
노란 꽃을 보았지
언 흙에 납작 붙어
기지개 켜는 꽃다지를
본 적이 있지

천지개벽의 튀르키예
뉴스는 시시각각
어둠에서 생존자를 꺼내고
처참한 산통 끝에
폐허는 아이를 낳았지

탯줄에 매달린 채
암흑과 추위를 견디다
무너진 세상이 무서워 울었지
제 뿌리를 흙 속에 남겨두고
봄꽃으로 피어났지

너희 학명은 '기적'

우리가 가꿀
한 송이 꽃

정제된 시정신과 언어 구조력

이 건 청(한국시인협회 37대 회장 · 한양대 명예교수)

　이춘희 시인은 경기도 이천지역에서 시를 써온 시인입니다. 묵묵히 시의 길에 정진하면서 지역 시동호인들과 함께 읽고 쓰는 일을 하고 있는 분입니다. 작품 발표가 많은 것은 아니어서 한국 시단에 이름이 알려질 기회도 거의 없었을 것입니다. 내가, 경기도 이천지역에 내려와 살게 되면서 우연히 접한 지역 동인지 속에서 발견한 이름이 이춘희 시인이었습니다. 이춘희 시인의 시는 시단을 풍미하는 타성의 때가 묻지 않은 것이었습니다. 지역 동호인들과 어울리면서 시의 순수성, 정통성을 지킬 수 있었고, 나름대로의 방법까지 연마된 모습이었습니다. 요즘 한국시가 보여주고 있는 무잡, 허세, 자기 과장의 허사들에 오염되지 않고 정통 한국 서정시의 방법과 정신을 지켜올 수 있었던 것이라고 나는 생각합니다.

　이춘희 시인의 이번 시집에는 '외자' 제목의 시, 58편과 산수유 연작시 12편을 묶고 있습니다. 시의 제목은 시를 부연, 설명하기 위한 것이 아닙니다. 시의 제목은 시의 본문과 은유의 관계로 놓이면서 본문의 이미저리 하나하나, 행간까지와 내포의 교집합을 이루면서 방대한 의미 축적을 이룰 수 있게 붙여져야 합니다. 이춘희 시인은 간결 단순 이미저리들로 오히려 복합 중층의 선연한 시를 이뤄내고 있습니다.

　간결하면서도 시적 정서를 온전히 담아내고 있는 시가 좋은 시입니다. 아래의 시 표제 「놀」은 '노을'의 줄임말. 표제와 본문이 어우러져 간결, 섬세한 '기다림'의 정서를 형상화한 수작입니다.

　　오늘도
　　그대보다
　　저녁이 먼저 왔습니다

　　빈방을 가로질러
　　천천히 어깨 위를 지나는
　　낯선 햇살

　　그대 발소리 놓칠까
　　다시
　　산그늘에 안깁니다

－「놀」 전문

기다림의 정서가 면면한 형태를 이루고 있습니다. 기다리는 대상은 '그대'일 것인데 저녁이 먼저 옵니다. 저녁이 먼저 오면 '그대'는 밤길을 걸어오거나 혹시 오지 않을지도 모릅니다. 제2연, '빈방'을 가로질러 저녁 햇살이 어깨 위를 지나간다고 진술하고 있습니다. '그대'가 오지 않았으니 기다림의 방은 비어 있을 것이고, 하염없이 어깨를 넘어가는 저녁 해를 견디고 있을 뿐입니다. 그대 발소리를 놓칠까 저어하며 산그늘에 안기고 있습니다. 이 시의 제목이 '놀'로 되어 있습니다만 시의 어느 곳에서도 노을이 노래되고 있지를 않습니다. 다만 표제 '놀'은 본문 시의 이미지 하나하나의 결합하면서 기다림의 정서를 망극한 것으로 견인해 보여줍니다. 이춘희 시인의 시 '놀'은 시정신과 언어 구조력이 일체를 이룬 시적 성과를 보여주고 있습니다.

고급 양장본
꿈꾼 적 없는
낡디낡은 겉장을 쓸어봅니다

행간으로 숨어버린
은유를 찾으러
팔랑나비처럼
이리저리 페이지를 넘겨요
건성으로 눈맞춤 한

활판 인쇄 당신을
이젠 손끝으로 더듬어
찬찬히 따라갈 수 있어요

낯선 갈피마다
누대累代로 내려온
슬픔의 유전자가
주석으로 달려있네요
만연체로 반복되던
지루한 문단에도 끝이 있어서
마지막 장은
목련 꽃잎처럼 두텁습니다

─「책」 전문

책을 통해 당신을 유추하고 있군요. '당신'은 '고급 양장본' 책입니다. 그러나, 오래되고 알뜰하게 건사되지 않아 겉장이 낡아버렸습니다. 세상사람 사이의 인연이라는 것도 오래되어 낡아버린 양장본 겉장 같은 경우가 너무나 많습니다. 겉장은 낡았지만, 이 책의 본질은 겉장이 아니라 본문 속에 있습니다. 비유나 함축, 생략 속에 행간 속에 무궁무진 진실이 함축되어 있습니다. 때로는 각주가 본문의 진정성을 보완해 줍니다. 숨어버린 진실을 찾기 위해 팔랑나비처럼 페이지를 넘기다 보면 손더듬만으로도 '당신'을 찾을 수 있게 마련이지요. 그렇습니다. '당신'에게 다가가기 위한 다양한 접근과 시도가 온

전한 합일에 닿게 해줄 것입니다.

　　까페라고 하기엔 좀
　　이라는 이름의 카페가 있었다
　　어렵사리 카페를 꾸며 열었으나
　　평수는 옹색하고 세련되게
　　손님을 맞을 자신이 없었나 보다
　　비좁은 실내엔
　　의자라고 하기엔 좀
　　편치 않은 소파를 배치하고
　　도배지를 바른 벽에는
　　자작나무 울창한 사진을 걸고 싶었지만
　　돈에 맞춰 액자라고 하기엔 좀
　　작은 해바라기 그림 하나

　　까페라고 하기엔
　　아까운 풍경의 카페는 어디 있을까
　　먼 나라에서 실려 온 커피향보다
　　진하고 따스한 사람의 향내로
　　눈맞춤 해주는 곳
　　보랏빛 쑥부쟁이처럼
　　허청허청 흔들릴 때
　　몸을 숨겨 찾아드는,
　　어느 후미진 골목
　　그 끄트머리에 있을 것 같은

이 저녁
흔하디흔한
까페라고 하기엔 좀 미안한
카페로 간다, 햇살을 녹여
사랑을 퍼주는 카페* 마당에서
시라고 하기엔 좀
시답잖은 시를 읽어
마음의 빚을 갚으러 간다

* 이천시 백사면 조읍리의 한 카페

－「좀」 전문

　국어사전은 '좀'을 의문이나 반어적 문장에 쓰이는 '여
간' '오죽'의 뜻이라 적고 있습니다. 그러나, 이 시에서
'좀'은 겸양의 뜻을 적고 있는 것으로 보는 것이 옳을 것
입니다. "까페라고 하기엔 좀"이라는 이름의 까페가 있
다고 하는군요. 그러니까 일반적인 까페가 갖추고 있는
시설이나 탁자에 미치지는 못하지만, 그런대로 까페 역
할은 하고 있는 곳을 이르고 있는 것이겠습니다. 그런
데, "자작나무 울창한 사진을 걸고 싶었지만/ 돈에 맞춰
액자라고 하기엔 좀/ 작은 해바라기 그림 하나"를 걸었
을 뿐이고, "먼 나라에서 실려 온 커피향보다/ 진하고 따
스한 사람의 향내로/ 눈맞춤 해주는 곳/ 보랏빛 쑥부쟁
이처럼/ 허청허청 흔들릴 때/ 몸을 숨겨 찾아드는/ 어느

후미진 골목"이라는 진술을 깊이 보면, 내세우는 외양보다 '좀'이라는 겸양이 자신의 진정을 발견해 보여주고 있음을 알 수 있습니다.

그런데, 이 시의 마무리 부분을 보면 이 시가 노래해 보여주고 있는 것이 '까페'가 아니라 '시인' 자신의 치환물임을 알 수 있습니다. 번듯한 외양보다는 '좀' 외진 듯하지만, 사실은 '진하고 따스한 사람 향내' 나는 시세계를 지니고 있는 시인 자신임을 겸양의 문체로 진술해 보여주고 있는 것이지요. 직설적 자기 토로가 아니라 겸양의 문체로 오히려 자신의 자존을 들어내 보이고 있습니다. 이춘희 시인의 상상력의 범주는 때로 지구를 벗어나고 우주의 시간 속을 넘나들기도 합니다.

> 실개울이 아니면 어떠랴 황록색
> 매끈한 가지들 봄 꿈꾸는 이곳에서
> 머그잔을 나란히 한 너와 나를 생각해 본다
> 138억년 우주의 세월 속
> 찰나같이 우리 만나서
> 잠깐 사랑하고 잠깐 싸우다가
> 지구에서 62광년 떨어졌다는
> 천칭자리 밝은 별 주벤 엘레누비
> 내가 왔던 그곳으로 다시
> 꼬리별 되어 돌아갈 것을
>
> – 「별」 전문

상상력은 시를 이뤄내는 핵심 능력입니다. 시인의 상상력이 일상 범주를 벗어날 수 없을 때, 시는 매너리즘을 헤어나기 어려울 것입니다. 머그잔의 음료를 함께 마시는 두 사람은 사랑하기도 하고 싸우기도 하는 인연으로 연결되어 있습니다. 그러나, 우주 빅뱅 이후 138억 년의 어느 때에 서로 만났으며 지구에서 60광년이나 떨어진 공간의 어느 시점에서 만난 것이겠습니다. 그러니까 지상의 사람이 서로 만나고, 인연으로 엮이는 것은 불가능하거나, 엄청난 우연일 수밖에 없겠지요. "지구에서 육십이 광년 떨어졌다는/ 천칭자리 밝은 별 주벤 엘레누비/ 내가 왔던 그곳으로 다시/ 꼬리별 되어 돌아갈 것"을 되뇌이는 것은 삶의 근본을 재발견하게 해줍니다. 자신의 본향을 별자리로 '꼬리별 되어 돌아갈 것'을 상정하는 것은 삶을 환희 속으로 상승시켜 줍니다.

밭고랑에 정우할머니
굽은 허리를 오래된 폴더폰처럼 납작 접고
연신 땅에 무언가를 박고 계시다
인사를 건네자
서리 내릴 때 영그는 서리태콩이라며
폴더를 열고 우리 부부를 향해
활짝 웃으신다 탱글탱글한
파마머리가 햇살에 반짝인다

요놈만 갖다 심어보라시며
꽃무늬 바지 주머니에서 크게
한주먹 꺼내주신다 콩 한가마니가
내 등산복 주머니 속으로 넘치게 들어온다
일러 주신대로 땅을 헤치고
속까지 파랗다는 서리태콩을 두 알씩 넣어본다
이 가물이 지나면 떡잎이 나올 게다
헐떡이는 뙤약볕 견디고
천둥번개 태풍도 이기리라
어쩌면 줄기를 길게 뻗어
시계 반대방향으로 친친 감아올라
콩나무처럼 하늘에 가 닿겠지
꼬투리 벌어지면 데구르르 구르고 굴러 어디로 갈까
어느 착한 부부의 늦둥이로 생겨나
도담도담 무탈하게 자랄거나
소녀 되고 아가씨 되도록 콩줄기 튼실히 뻗어가리라
가을이 오고 첫서리가 내린 어느 아침
부부는 속이 파란 서리태콩을 삼태기 가득 거두다가
지나가는 젊은 부부에게 선뜻 한주먹 건네리라
어느 하늘 아래선가 주렁주렁 콩이 열리고
부부는 콩꼬투리 눈웃음으로
서로를 바라보며 행복하리라

ー「콩」전문

제목은 '콩'으로 되어 있지만, 이 시는 시적 화자가 푸

근하게 엮어낸 인생론을 담아내고 있습니다. 콩을 심는 일은 노역이지만, 두 알씩 땅에 묻은 서리태 콩이 싹이 트고 자라 올라서 '삼태기 가득' 열매를 거두게 되는 것은 자연의 섭리이면서 삶의 지혜이기도 한 것입니다. 그런데, 위의 시는 이런 자연 섭리를 근간으로 하고 있지만, 이 시의 재미는 이 시를 일관하는 말놀이의 효과에서 옵니다. "이 가물이 지나면 떡잎이 나올 게다/ 헐떡이는 뙤약볕 견디고/ 천둥번개 태풍도 이기리라/ 어쩌면 줄기를 길게 뻗어/ 시계 반대 방향으로 친친 감아 올라/ 콩나무처럼 하늘에 가 닿겠지/ 꼬투리 벌어지면 데구르르 구르고 굴러 어디로 갈까/ 어느 착한 부부의 늦둥이로 생겨나/ 도담도담 무탈하게 자랄거나/ 소녀 되고 아가씨 되도록 콩줄기 튼실히 뻗어가리라…" 마치 판소리 사설조로 메기고 받아치는 소리의 어우러짐이 흥겨움으로 살아나고 있습니다. 또한, 할머니에게서 받은 서리태 콩이 떼구르르 굴러가 "어느 착한 부부의 늦둥이로 생겨나"의 돌발 굴절이 놀라운 각성 효과를 일으킵니다. 무르익은 '콩'이 굴러가 '착한 부부의 늦둥이'로 태어나는 돌발 효과가 시가 지니는 흥겨움을 고조시켜 주는군요. 할머니의 굽은 허리가 폴더폰처럼 접혀 있다는 표현도 재미를 더해줍니다.

 이춘희 시인의 시는 시단을 풍미하는 타성의 때가 묻지 않은 것입니다. 요즘 한국시가 보여주고 있는 무잡,

허세, 자기 과장의 허사虛辭들에 오염되지 않고, 정통 한국 서정시의 방법과 정신을 연마해올 수 있었던 것이라 생각합니다. 이춘희 시인이 지닌 귀한 자질을 연마함으로써 한국시의 개성으로 대성하기를 바랍니다.